心寂犹似远山火

斋藤茂吉短歌300

湖南文艺出版社　博集天卷

〔日〕斋藤茂吉 ——— 著　　高海阳 ——— 译

译者序

　　茫茫心海里，孤帆谁与同
　　——茂吉和他的短歌

一

　　短歌是日本和歌一种诗体，是由三十一
音节组成的定型歌体，格式为"五七五七七"
的排列顺序。在奈良时代，该诗体相对于
长歌其称作短歌，平安时代以后，相对于
汉诗其称作和歌，从明治时代后半至现在，
相对于新体诗其又被称作短歌。日本除短
歌外尚有更短的俳句，它保留了连歌上之
句的"五七五"的十七音节格式。

短歌始于公元六七世纪，根据日本现存最早诗集《万叶集》记载，第一首和歌作于公元757年。和歌是受中国古代乐府诗，特别是五言绝句和七言律诗的影响，因此出现短歌"五七五七七"的形式；即使是长歌，最后也是以"五七五七七"结尾。它以和音为基础，多用枕词、序词，声调庄重、流丽。历史上留下了许多至情至性之作，有些更是天籁之音，作为日本文学的一种独特形式在历史上留下了异常清丽的风景。

　　斋藤茂吉（1882—1953），正是一位在近代日本文学中成就斐然、举足轻重的歌人，被后人誉为近代歌圣。他既是诗人和作家，也是一个著名的精神科医生。1882年，他出生于日本山形县上山市，是守谷家的第三个儿子。家中清贫，小学毕业时家里曾考虑把他送入附近的寺院学画画。十五岁那年去了东京，作为养子来

到了同乡的斋藤纪一氏家里。斋藤氏在东京浅草经营着一家私人的精神科医院。到达东京上野车站的茂吉，惊叹地发现，世上竟然有这么明亮的都市的夜晚。1905年，他作为夫婿入籍，改名斋藤茂吉，与斋藤家的女儿辉子立下了婚约。

茂吉从小喜欢和歌，但真正令他对诗歌开眼的是二十三岁时，他在东京神田的书店借阅的正冈子规（1867—1902）遗稿第一集《竹之乡歌》，惊叹感动之余，立志作歌。同年，茂吉考入东京大学医学部。二十四岁时，茂吉加入著名歌人伊藤左千夫（1864—1913）门下。左千夫去世后，他继任主流短歌刊物《兰社》编辑，其自身歌作、歌论也多在此刊物发表。

二十七岁时，茂吉从东京大学毕业，成为医生。也是在这一年，他第一次出席

了文坛巨匠森鸥外（1862—1922）组织的观潮楼歌会，结识了北原白秋、石川啄木等诗人。那是文坛群星灿烂的年代，而茂吉注定也是其中闪亮的一颗星星。

1913年，划时代的歌集——斋藤茂吉的处女歌集《赤光》出版刊行了。这本诗集在整个日本文坛引起了轰动，对日后的日本的诗坛产生了不可磨灭的影响。这年，茂吉三十一岁。

大名鼎鼎的芥川龙之介，是二十世纪前半叶的文坛巨匠。他曾写道："高中时偶然读到初版的《赤光》歌集，一个崭新的世界在我眼前出现了……我看诗歌的眼光，并不源于其他人，而是斋藤茂吉让我对诗歌开了眼……"芥川对茂吉的推崇和友情，一以贯之，在他患病时，也时时去茂吉的医院求治。

1921 年，茂吉的第二册歌集《璞玉》出版了。同年十月，他从神户登船，远赴德国留学，于 1924 年 10 月获得医学博士学位。在回国的航船上，茂吉接到养父的青山脑病医院遭火灾全烧的电报，多年搜集的书籍和资料也不幸毁于一旦。归国后，茂吉四处奔走，花一年时间重建了医院。两年后，接了养父纪一的班，担任医院院长。同年，茂吉成了短歌结社《兰社》诗刊的编辑发行人，其创作实力显露无遗。

在此之后，茂吉几十年笔耕不辍，创作短歌，写随笔、评论文章，著作等身。有日本评论家认为，以旺盛的创作力弥老不衰的，除了文豪夏目漱石外，就当数斋藤茂吉。他一生出版歌集共十七册，作歌将近一万八千首。与此同时，茂吉终其一生是个职业的精神科医生。他总是说，自己是个医生，作歌不过是个副业。茂吉和

辉子育有二男二女。有意思的是，两个儿子后来百分之百地子承父业，都成了作家，也同时都是职业的精神科医生。他的小儿子、作家北杜夫（斋藤宗吉）曾一针见血地指出，在父亲心中，九成都被诗歌所占据，专心专念的，都是文学。

二

年轻时的茂吉受到西方美术、哲学，尤其是尼采思想的深刻影响，将《万叶集》歌风以及西方文化都化为其短歌的血肉。他于1913年出版了歌集《赤光》，将日本的传统思想与欧洲现代精神融合在一起，充满对生命的肯定和对人的感情的珍爱，在质朴明朗的青春活力中，透现出哀愁孤独的心情，富有想象力和表现力，成了近代短歌的高峰之作。后来，他经过一段官能上具有艳丽色彩的时期，茂吉逐渐进入

到沉静孤寂的现实境界。在他心目中，短歌，必须表述鲜活的生命，描写和透视出自然和生命之间的深层联结，从而进入"实相观入"的境地。围绕着源于正冈子规的"写生"之说，在茂吉的眼里和手上，短歌创作最终发展形成了"自我的生与自然浑然一体"的文学表现之路。

从某种角度来看，茂吉的文学是大器晚成，逐渐走向成熟的。处女歌集《赤光》刊行时，他已经三十一岁。第二本歌集《璞玉》于1921年出版，茂吉时年三十九岁。《赤光》的出版在当时引起了轰动，从学生、知识分子到平民阶层，无不一读为快。究其所以然，是其表现的内容和手法，令人耳目一新，把有着悠久传统的短歌创作带入了崭新的境地。

他写了去海边的新鲜感觉。茂吉是在

山里长大的孩子，小时候没见过海。当他第一次见到海，海风的气味、缤纷的贝壳，都给他带来了新鲜的体验。他写出了和自然一体的喜悦和跳动的心情，以及活泼鲜活的生命。

他写了在冬天的深山里劳作的伐木工人。在严酷的生存环境中，人们身上透现出来的不仅有生命的顽强，还有源源不断的生命能量。皑皑白雪里，令人看到了强劲的希望。

他写了和母亲的死别，也写了和恋人的生别。以短歌的体裁，运用情景交融的写生手法，竭尽一身的情感之力，茂吉写下了人间的生老病死、自然的四季流转。

茂吉是从山里走出来的，他一辈子待得最舒心的也许还是在故乡山形县的山里。

尽管他站在科学和文学的前沿，但他的精神故乡，常常是在故乡的泥土里，在"藏王山"山谷中，在"最上川"河流上。据说他常常说带着浓厚乡音的日语，而且可能是故意而为之。在他游学欧洲时，当地日本领馆的办事人员回忆说"从没听到过这么浓重的东北口音"，茂吉的乡土情结可见一斑。这种内在的乡愁，在他原生的诗歌生命里，定然是难以枯竭的力量源泉。

北杜夫曾断言，尽管《赤光》《璞玉》是他父亲的杰作，但在他去世四年前刊行的歌集《白山》，才是他的巅峰之作。如果说《赤光》的关键词是崭新，《璞玉》的是清新，那么，茂吉的晚年之作《白山》，可以说是他炉火纯青的绝唱。

三

茂吉的短歌作品里，有很多是"连作"。所谓连作，即是组诗的形式。短歌的连作，起自正冈子规；而子规的弟子、茂吉的师父伊藤左千夫，则是首次将其系统化提出来的歌人。斋藤茂吉在此基础上，善用连作来赋予表达主题的整体感，把短歌连作发展成具有内在结构关联、整体一气呵成的组诗。联想起短歌（和歌）的源流是中国古代的乐府诗一说，似乎觉得连作于短歌的发展历程来说显得理所当然；但实际上，短歌回归这一源流，时间上已经越过了千年。

连作的成功运用，直接扩展了短歌的表现宽度和深度，使得短歌这一文学形式成了近代日本文学的一大基石。一首首短歌在捕捉一个个瞬间，并使其定格的

同时，连作的内在联系串联起来形成了一幕幕的故事画面，在主题的明确表达背后，奏响了一个缓慢而强力的副旋律。茂吉的短歌作品里，最具此故事渲染力的当属《赤光》里的"离世的母亲"连作五十九首，以及"Ohiro"连作四十四首，令人读来动容，印象深刻。

评论家吉本隆明（名作家吉本芭娜娜的父亲）对茂吉的歌作研究颇多，对茂吉赞誉有加，认为他是把日本短歌传统和系列化歌风集于一身的大诗人。而且，因为长寿（那个年代的诗人多数短命），茂吉的创作腕力数十年敏锐不减，其风格从紧迫到沉静，得以完全成熟并充分展现。与其他歌人相比起来，茂吉作品里的一个显著特点是声调／曲调的高度运用。所谓曲调，其实就是诗歌内在的韵律、节奏乃至旋律。用汉语来类比，就类似宋词词牌

里的长短句、平仄韵、入声去声等。必须指出，但凡诗歌，首先是语言和原声的表达，韵律会如影随影地嵌套其中。而韵律本身，是文字和意象表现之上的弦外之音，往往敏锐于耳。不论是哪种语言，音乐式的美感来源于合适的韵律和音步，以及诗句流转本身带来的节奏感，或延绵不绝，或变幻明灭。茂吉的歌作，正属此道上流。

除了曲调以外，茂吉作品的另一个特点是色彩浓烈。在万叶时代，传统的短歌舒缓展现，有"写生"的朴实无华，也有与之相应的心理描写；而在短歌和文学的近代化过程中，以茂吉为代表，引入并实践的是"感觉"的描写，把作者的感官、感觉驱使到表达的最前线，为短歌带来强力的色彩感，迎来并进入一个彩色写生的近代。斋藤茂吉正是短歌近代化的一个主要的领军人物。

近代短歌的另外一个著名诗人土屋文明，曾和茂吉在短歌结社"兰社"里相识共事多年。他对茂吉有一个入骨三分的评论："如果他没有师从伊藤左千夫，而去参加新诗阵营的话，他的天分更是能有超越一百分的发挥。"这句话，从他们长年的交往来看，自然分量很重。茂吉在短歌领域里的创新，使短歌这一文学形式能与时俱进，充分赋予并展示了其真正的近代性，使其得以成为近代日本文学里不可或缺的一部分。

四

茂吉在茫茫世间，一己肉身在现世和隔世中徘徊，遍尝着孤独。这孤独孕育着诗人的心灵，化成他笔下充满感情而富有张力的诗句，犹如一叶孤帆，驶向人生的海洋，其中有漫长的孤独，有与波涛的决绝，

也有对梦想的坚持。

即便是在青春绽放的岁月里，茂吉仍然是孤独的。他从乡下来到东京，寄居于养父家里。在海边，他吟道：

漂流上岸的海藻
像极了
陆奥家乡的春草
一样的哀愁

大学毕业后，茂吉来到长崎当医生，在这个偏远的海港，写着他无形的孤独：

早饭升腾起
白色的饭气
我想，这是
静静的港湾的
颜色

母亲死别时，在病榻旁，他诉说着揪心的孤寂：

> 终宵床边寐
> 慈母濒死期
> 夜静蛙声远
> 似闻天上来

而与恋人的生别，茂吉也陷入深深的离愁和寂寞中：

> 心寂犹似远山火
> 君别去
> 几多愁

日渐衰老之时，茂吉品尝着战争后，山河破旧的孤独：

雪化成了水滴

　　溶入夜色

　　在拂晓

　　万物无声

　　在茂吉众多的代表作中，最为世人所知的作品，当数他描写母亲死去的情景的一首：

　　红颈燕

　　两只梁上立

　　慈母死

　　感觉敏锐的茂吉，在这揪心的一刻，他注意到燕颈的红色；而这对雌雄燕子立在屋梁上，似含有佛教的临终使者的意象。两只象征性的小鸟，让临终的悲哀充满了庄严的孤独，令人怎不慨叹生命的慈悲和无常。

茫茫心海里，孤帆谁与同。令人欣慰的是，在这个世界的某一角落，若有人能倾听并理解你的孤独，那么，孤独也将消逝无痕。我们徜徉在茂吉的文学世界里，似乎读懂了诗人的心声。

高海阳

2019 年 12 月

目 录

赤　光

在海边

1　　在仲夏明媚的光里

　　　海水洗刷着

　　　岸边红色的贝壳

　　　真夏の日てりかがよへり渚にはくれなゐの

　　　玉ぬれてゐるかな

2　　我来自山里

　　　海的气息

　　　渗入我的心

　　　无比香甜

　　　海の香は山の彼方に生れたるわれのこころ

　　　にこよなしかしも

4

3   在住满珠贝的海边

     睡足七晚

     嗅闻着幽香

     我多爱这海的气息!

     七夜寝て珠ゐる海の香をかげば哀れなるか

     もこの香いとほし

4   白浪冲刷着

     海岸

     一个初老的外国妇人

     正吃着苹果 *

     白なみの寄するなぎさに林檎食む異国をみ

     なはやや老いにけり

     * 在大正时代,一个外国人在海边吃苹果,是
     一个有异国情调的场景。

5

5   摇曳着

　　看那巨大的仲夏红日

　　落入平静如织的海中

　　あぶらなす真夏のうみに落つる日の八尺の

　　紅のゆらゆらに見ゆ

6   随潮水涌来

　　我分明听见

　　波浪里细石的悲鸣

　　きこゆるは悲しきさざれうち浸す潮波とど

　　ろ湧きたるならむ

6

7　海潮咆哮而来

　　我枕卧于此

　　咆哮而来吧

　　因为我爱上了海水

うしほ波鳴りこそきたれ海恋ひてここに寝
る吾に鳴りてこそ来れ

8　黎明将至的海洋

　　百鸟尚未歌唱

　　海面黑亮

もも鳥はいまだは啼かね海のなか黒光りし
て明けくるらむか

9   礁岩下
     我踏着海草拾贝
     红色的贝壳
     和紫斑贝壳

     岩かげに海ぐさふみて玉ひろふくれなゐの
     玉むらさき斑のたま

10   捡拾着贝壳
     哀愁我心
     海的气味
     将我刺穿

     海の香はこよなく悲し珠ひろふわれのここ
     ろに染みてこそ寄れ

8

11   岩石下的珠贝

　　如此鲜红

　　以至于我前来

　　将它当樱果拾起

　　桜実の落ちてありやと見るまでに赤き珠住

　　む岩かげを来し

12   漂流上岸的海藻

　　像极了

　　陆奥家乡 * 的春草

　　一样的哀愁

　　ながれ寄る沖つ藻みればみちのくの春野小

　　草に似てを悲しも

*陆奥，日本古代令制国名，位于现今东北地区，
是茂吉家乡所在。

9

13   在恶浪涌来的海滩

　　　　小螃蟹没有悲叹

　　　　永以红色的身体

　　　　惹人爱怜

　　　　荒磯べに嘆くともなき蟹の子の常くれなゐ

　　　　に見ゆらむあはれ

14   这些微弱的海洋生命

　　　　挣扎在荒恶的海滩——

　　　　它们在

　　　　美丽地生存

　　　　かすかなる命をもちて海つもの美しくゐる

　　　　荒磯なるかな

15　退潮后的小坑洼里
　　我发现
　　小红蟹住在那里
　　多么令人欣喜

　　いささかの潮のたまりに赤きもの生きて居
　　たれば嬉しむかな

16　大浪冲上海滩
　　似我的血流
　　一刻不停
　　涌着悲伤

　　荒磯べに波見てをればわが血なし瞬きの間
　　も悲しかりけり

17　　那个在海边奔跑的

外国孩子

唤回了我的温柔

海のべに紅毛の子の走りたるこのやさしさ

に我かへるなり

18　　他的小船

驶向璀璨的黄昏之海

那位西方来客

在继续航行

かぎろひの夕なぎ海に小舟入れ西方のひと

はゆきにけるはも

19　在黄昏的海面上

　　红色的三角帆已去远

　　摇曳律动着

　　不再得见

　　くれなゐの三角の帆がゆふ海に遠ざかりゆ

　　くゆらぎ見えずも

20　一缕月光

　　落在海面上

　　从海岸张望

　　不见一船

　　月ほそく入りなんとする海の上ここよ遥け

　　く舟なかりけり

21   漆黑夜已深

　　　浪尖青光闪现

　　　而我在

　　　思念我的恋人

　　　ぬば玉のさ夜ふけにして波の穂の青く光れ
　　　ば恋しきものを

22   今又来到礁岩下

　　　看那虎斑小鱼

　　　在摇曳的海藻里

　　　藏匿

　　　けふもまた岩かげに来つ靡き藻に虎斑魚の
　　　子かくろへる見ゆ

14

23   多少个夜晚

我经过海岸

悲伤地想着

何处是

这潮声的彼岸

しほ鳴りのゆくへ悲しと海のべに幾夜か寝

つるこの海のべに

睦冈山中

24　日暮

　　沿着山径行走

　　我的路

　　湿，冷

　　寒ざむとゆふぐれて来る山のみち歩めば路
　　は濡れれてゐるかな

25　深山薄暮黄昏雨

　　从天而降的水滴

　　在落叶中

　　闪烁

　　山ふかき落葉のなかに夕のみづ天より降り
　　てひかり居りけり

26   在山林里

　　　这静静的池塘

　　　闪烁着

　　　像只眼睛

　　　何ものの眼のごときひかりみづ山の木はら

　　　に動かざるかも

27   这双悲哀的眸子

　　　凝视着清凛的水塘

　　　只见它

　　　寒光闪闪

　　　現し身の瞳かなしく見入りぬる水はするど

　　　く寒くひかれり

28   远离都市的烦嚣

      用嘴唇

      触碰这一泓清水——

      一阵悲凉！

      都会のどよみをとほくこの水に口触れまく

      は悲しかるらむ

29   偏僻的山路上

      我欣喜地发现了

      野兽的足迹！

      天さかる鄙の山路にけだものの足跡を見れ

      ばこころよろしき

30   沿着溪谷徒步
　　　从叹息中醒来
　　　树果散落一地
　　　腐成黑色 *

　　　なげきより覚めて歩める山峡に黒き木の実
　　　はこぼれ腐りぬ

　　　* 散落的树果从棕色慢慢变黑，衬托着诗人的
　　　心情的微妙变化。

31   忍受着孤独
　　　徒觉空虚
　　　愿有忧伤的故事
　　　来触摸我

　　　寂しさに堪へて空しき我が肌に何か触れて
　　　来悲しかるもの

20

32   一只鸟儿

藏在冬山里

看它

啄食着红莓

ふゆ山にひそみて玉のあかき実を啄みてゐ

る鳥見つ今は

33   风起了

越过树林

落日红霞

流光在颤动!

風おこる木原をとほく入りつ日の赤き光り

はふるひ流るも

34   沐浴着落日的红光

我似梦般行走

一如在某个神秘夜晚

那个易碎的梦境

赤光のなかの歩みはひそか夜の細きかほそ

きゆめごころかな

树果

35   银色的雪山上

      人迹来往

      我看见一条小径

      窄长

      しろがねの雪ふる山に人かよふ細ほそとし

      て路見ゆるかな

36   我离去

      没走多远

      那红红的番茄

      在身后腐烂 *

      赤茄子の腐れてゐたるところより幾程もな

      き歩みなりけり

* 这首短歌敏锐地捕捉了诗人瞬间的心理变化，
以一个番茄的形状和颜色为意象。

37   若我深入远山

      踪影消失

      人们会否为我

      感到悲伤？

      山とほく入りても見なむうら悲しうら悲し

      とぞ人いふらむか

38   我在途上看

      雨中这红色的菌茸

      无人知晓——

      它楚楚可怜

      紅茸の雨にぬれゆくあはれさを人に知らえ

      ず見つつ来にけり

39   在阴暗的深山
      朦胧看见
      溪边一片泛白的
      石滩

      山ふかく谿の石原しらじらと見え来るほど
      のいとほしみかな

40   垂首走在路上
      橡树果
      坠落不停
      啪嗒，啪嗒

      かうべ垂れ我がゆく道にぽたりぽたり橡の
      木の実は落ちにけらずや

26

41 我独自吃着早饭
    边吃边想
    生命的
    短暂

    ひとり居て朝の飯食む我が命は短かからむ
    と思ひて飯はむ

根岸村

42   背着婴儿的小保姆

　　　太重了

　　　小姑娘

　　　从无笑容

　　　にんげんの赤子を負へる子守居りこの子守

　　　はも笑はざりけり

43   在日光下

　　　根岸村的河边

　　　款冬青青

　　　摇摆着发芽

　　　目あたれば根岸の里の川べりの青蕗のたう

　　　揺りたつらんか

44   初春的根岸村

      那屋上的积雪

      凝结不动

      くれたけの根岸里べの春浅み屋上の雪凝り

      てうごかず

45   此刻啊此刻

      阳光冲破云层

      白雪放出

      耀眼的光芒！

      天のなか光りは出でて今はいま雪さんらん

      とかがやきにけり

46　舞狮的稚童啊

　　如此幼小

　　看着他们劳作

　　不禁泪下

　　角兵衛のをさな童のをさなさに涙ながれて

　　我は見んとす

47　这笛声

　　厚重悠扬

　　红色的狮子

　　正在出场

　　笛の音のとろりほろろと鳴りたれば紅色の

　　獅子あらはれにけり

31

48   在孩子小小的额上方

我看见了——

一个红狮子的头

いとけなき額のうへにくれなゐの獅子の頭

を見そめしかもよ

49   春风轻拂

瞧，阳光里的微尘

在流动

春のかぜ吹きたるならむ目のもとの光のな

かに塵うごく見ゆ

50 春光在流动

　　我的生命

　　也随之在纯色中

　　流转

　　ながらふる日光のなか一いろに我のいのち

　　のめぐるなりけり

51 一轮明亮的太阳

　　转动着

　　娇嫩的新柳

　　尽染春光

　　あかあかと日輪天にまはりしが猫やなぎこ

　　そひかりそめぬれ

52　　那红狮子

　　　高昂头颅

　　　沐浴在阳光下

　　　从天而降

　　　くれなゐの獅子のあたまは天なるや回転光

　　にぬれゐたりけり

Ohiro* 其一

53　万物昏暗

　　我唏嘘长叹

　　星星在东方隐现

　　也黯然无光

　　なげかへばものみな暗しひんがしに出づる

　　星さへ赤からなくに

54　熄了电灯

　　夜黑茫茫——

　　君远在何方！

　　とほくとほく行きたゐならむ電燈を消せば

　　ぬば玉の夜もふけぬる

55　夜悄来

　　入寐满悲怀

　　小床和人面

　　今何在？

　　夜くればさ夜床に寝しかなしかる面わも今
　　は無しも小床も

56　漫无目的地徜徉

　　摇摇晃晃

　　来到浅草

　　朱红色的庙堂

　　ふらふらとたどきも知らず浅草の丹ぬりの
　　堂にわれは来にけり

37

57 麻风病人
    在观音堂前
    一味要钱——
    唉，令人伤感

    あな悲し観音堂に癩者ゐてただひたすらに
    銭欲りにけり

58 买了浅草的煮鸡蛋
    一路回家
    寂寞弥漫

    浅草に来てうで卵買ひにけりひたさびしく
    てわが帰るなる

59   我斑驳的心

      在叹息

      想起最初的

      怦然心动

      はつはつに触れし子なればわが心今は斑ら

      に嘆きたるなれ

60   不停奔跑在

      代代木野的寂寞里

      那命中的寂寞里

      代々木野をひた走りたりさびしさに生きの

      命のこのさびしさに

61 寂寞复寂寞

一轮红日西下

孤寂无边

さびしさびしいま西方にくるくるとあかく

入る日もこよなく寂し

62 焚稿庭中烟一缕

恋人已远去！

紙くづをさ庭に焚けばけむり立つ恋しきひ

とははるかなるかも

63 我也如这青烟

    袅袅升起

    升到天上

    消失在天际

    ほろほろとのぼるけむりの天にのぼり消え

    果つるかに我も消ぬかに

64 悠远的悲天啊

    为我的恋人哭泣

    依依不舍

    命薄如纸

    ひさかたの悲天のもとに泣きながらひと恋

    ひにけりいのちも細く

41

65   我扔下这块风吕敷*

　　又重拾抱在胸前——

　　啊，寂寞无边

　　放り投げし風呂敷包ひろひ持ち抱きてゐた

　　りさびしくてならぬ

　　*风吕敷是日本一种方巾，四角扎起就成为一个布
　　包袱。

66   紧抱着

　　抱着忧伤

　　抱着这本《疯癫学》里的痴狂

　　ひつたりと抱きて悲しもひとならぬ瘋癲学

　　の書のかなしも

42

67　高高堆起的

　　书物积满了尘

　　乍见悲伤涌起

　　何处安此身

　　うづ高く積みし書物に塵たまり見の悲しも

　　よたどき知らねば

68　今天也

　　坐上火车出勤

　　遥想着远方

　　那悲伤的人

　　つとめなればけふも電車に乗りにけり悲し

　　きひとは遥かなるかも

69　清晨飘来了

　　山椒的香气

　　它沁透了

　　这唏嘘的心脾

　　この朝け山椒の香のかよひ来てなげくここ

　　ろに染みとほるなれ

Ohiro 其二

70　恍惚间

　　　杏目半眯

　　　怀中的你啊

　　　别后几多昼夜

　　　ほのぼのと目を細くして抱かれし子は去り

　　　しより幾夜か経たる

71　何事惹忧郁

　　　子去是缘由

　　　藤花摇光影

　　　掩映亦悲愁

　　　うれひつつ去にし子ゆゑに藤のはな揺る光

　　　りさへ悲しきものを

46

72   忧郁如白玉

    你来

    如门前溪水

    今又漂流而去

    しら玉の憂のをんな我に来り流るるがごと

    今は去りにし

73   沉浸于爱的悲哀

    素白的藤花

    垂垂开

    かなしみの恋にひたりてゐたるとき白ふぢ

    の花咲き垂りにけり

74　日暮长风去

隐隐徐落下——

杜鹃花

夕やみに風たちぬればほのぼのと躑躅の花

はちりにけるかも

75　思忆有如霜谷雾

飘着离愁

おもひ出は霜ふるたにに流れたるうす雲の

如かなしきかなや

76　在天微亮时

　　　看你一瞥

　　　黑黑的眉睫

　　　你眨了眨眼——

　　　楚楚可怜

　　　あさぼらけひと目見しゆゑしばだたくくろ

　　　きまつげをあはれみにけり

77　她多么可爱

　　　唇红欲滴

　　　倾慕如我命里的

　　　幸运之星

　　　わが生れし星を慕ひしくちびるの紅きをん

　　　なをあはれみにけり

49

78　　"你的手指冷的"

　　　拉近些

　　　在这静静的雪夜

　　　しんしんと雪ふりし夜にその指のあな冷た
　　　よと言ひて寄りしか

79　　我们

　　　在精神病院的红瓦上

　　　看着一轮红红的旭日

　　　吻唇

　　　狂院の煉瓦のうへに朝日子のあかきを見つ
　　　つくち触りにけり

50

80   触摸闪光的生命

      她欲拒还迎

      一瞬似将消失

      转瞬却倚在身旁

      たまきはる命ひかりて触りたれば否とは言

      ひて消ぬがにも寄る

81   就算说出

      让他＊去死吧

      而得慰藉——

      但心里知道

      我不会如此

      彼のいのち死去ねと云はばなぐさまめ我の

      心は云ひがてぬかも

      ＊这里的"他"也许是指茂吉的养父，使茂吉不得
      不对 Ohiro 的恋情断念。

82 磨出的芥末泥

   青汁欲滴

   那是悲伤的颜色

   すり下す山葵おろしゆ蓼みいでて垂る青み

   づのかなしかりけり

83 夜鸟啼亦悲

   且得树中眠

   幽幽如此身

   欲寐却难全

   啼くこゑは悲しけれども夕鳥は木に眠るな

   りわれは寝なくに

Ohiro 其三

84 心寂犹似远山火

　　君别去

　　几多愁

　　愁へつつ去にし子のゆゑ遠山にもゆる火ほ
　　どの我がこころかな

85 抚摸你的眼睑

　　无限爱怜

　　那一夜，夜尽

　　我也死尽

　　あはれなる女の瞼恋ひ撫でてその夜はほと
　　ほとわれは死にけり

86   来吧

　　把我的心埋葬

　　在这片田野

　　麦浪金黄

　　このこころ葬らんとして来りぬれ畑には麦

　　は赤らみにけり

87   夏尽到农园

　　心里烦恼——

　　且来捉只水虫

　　夏されば農園に来て心ぐし水すましをばつ

　　かまへにけり

88　麦穗映着流光

轻轻摇荡

咩咩的叫声——

是对面的山羊

麦の穂に光ながれてたゆたへば向うに山羊
は啼きそめにけれ

89　蝾螈有红腹

潜在水藻里

不由盯着看——

物我两迷失

藻のなかに潜むゐもりの赤き腹はつか見そ
めてうつつともなし

90   葬尽此心吧
     将锥子锃亮的尖端
     扎进榻榻米*

     この心葬り果てんと秀の光る錐を畳にさし
     にけるかも

     *诗人的思念若有所失，便做出无谓的举动来。

91   榻榻米上爬潮虫
     喷口烟
     熏其踪*

     わらぢ虫たたみの上に出で来しに烟草のけ
     むりかけて我居り

     *同上。

57

92   念念犹自思倩影

　　　　但研朱墨夜已深

　　　　念々にをんなを思ふわれなれど今夜もおそ

　　　　く朱の墨するも

93   庭院五月雨

　　　　昨起下不停

　　　　この雨はさみだれならむ昨日よりわがさ庭

　　　　べに降りてゐるかも

94   一人独坐

      看雨点落在

      精神病院的红瓦上

      つつましく一人し居れば狂院のあかき煉瓦

      に雨のふる見ゆ

95   圆圆的

      琉璃色*的草实——

      像极我恋人的眸子

      瑠璃いろにこもりて円き草の実はわが恋人

      のまなこなりけり

      *琉璃色是日本的传统颜色，一种偏紫的蓝色。

96 当东方

出现了闪亮的星

你飘忽的眼神忧伤

一如从前

ひんがしに星いづる時汝が見なばその眼ほ

のぼのとかなしくあれよ

离世的母亲　其一

97　大叶子

在光与暗的波里摇荡

我的心

无处安放

ひろき葉は樹にひるがへり光りつつかくろ
ひにつつしづ心なけれ

98　雪白藤花一串落

叹蹉跎

今日只见藤花果

白ふぢの垂花ちればしみじみと今はその実
の見えそめしかも

99   让我再见一面

　　　再见一眼

　　　家乡的母亲啊

　　　我急急北上

　　　みちのくの母のいのちを一目見ん一目みん

　　　とぞいそぐなりけれ

100   夜幕降临

　　　街灯初上

　　　灯光催促人

　　　疾足归乡

　　　うち日さす都の夜に灯はともりあかかりけ

　　　ればいそぐなりけり

63

101 为最后一瞥

看母亲双眼

我汗满额头

急急赶

ははが目を一目を見んと急ぎたるわが額の
へに汗いでにけり

102 人以为这只是

匆匆出趟门

街灯中我的背影——

出城

灯あかき都をいでてゆく姿かりそめ旅とひ
と見るらんか

64

103　睡了片刻吗

　　在飞驰的火车上——

　　我睡了片刻吗

　　たまゆらに眠りしかなや走りたる汽車ぬち

　　にして眠りしかなや

104　吾妻山 ゜映雪——

　　这是陆奥

　　火车驶入

　　母亲的家乡

　　吾妻やまに雪かがやけばみちのくの我が母

　　の国に汽車入りにけり

　　* 吾妻山是日本东北地区山形县境内的山。

65

105　晨起多寒意

　　桑树叶披霜

　　火车飞驰疾

　　渐近病母乡

朝さむみ桑の木の葉に霜ふれど母にちかづ

く汽車走るなり

106　惆怅自何方?

　　青青雾霭

　　泛光池塘上

沼の上にかぎろふ青き光よりわれの愁の来

むと云ふかや

107   到得上山站

　　　下来停车场

　　　迎迓见吾弟——

　　　少成鳏居郎 *

　　　上の山の停車場に下り若くしていまは鰥夫

　　　のおとうと見たり

　　　* 妻子故去，茂吉的四弟已是鳏居之人。

离世的母亲 其二

108　迢迢经远路
　　持药慈母前
　　决眦久久看
　　人子见垂怜

　　はるばると薬をもちて来しわれを目守りた
　　まへりわれは子なれば

109　俯身慈母侧
　　定睛复欲言
　　喃喃不得语
　　知儿在床边

　　寄り添へる吾を目守りて言ひたまふ何かい
　　ひたまふわれは子なれば

夜寐母床側
晨见壁上枪
悬嵌在横木
丹红尘不张

長押なる丹ぬりの槍に塵は見ゆ母の辺の我
が朝目には見ゆ

合十阳光下
日上青山来
苧环花有意
朵朵次第开

山いづる太陽光を拝みたりをだまきの花咲
きつづきたり

70

112　终宵床边寐

慈母濒死期

夜静蛙声远

似闻天上来

死に近き母に添寝のしんしんと遠田のかは

づ天に聞ゆる

113　桑叶幽香在

青青入心来

拂晓悲难禁

声声呼母哀

桑の香の青くただよふ朝明に塊へがたけれ

ば母呼びにけり

114　凝眸近慈目
　　　母亦濒死期
　　　轻声耳边语：
　　　苧环正花时

死に近き母が目に寄りをだまきの花咲きた
りといひにけるかな

115　逢春亦遣悲
　　　流光洒屋里
　　　如今田野边
　　　蚊蚋滋生时

春なればひかり流れてうらがなし今は野の
べに蟆子も生れしか

116　抚额滂沱泪
　　慈母濒死期

　　死に近き母が額を撫りつつ涙ながれて居た
　　りけるかな

117　离母方片刻
　　移步养蚕房
　　蚕在深眠梦
　　独守徒悲伤

　　母が目をしまし離れ来て目守りたりあな悲
　　しもよ蚕のねむり

118   慈母啊，已将死

        慈母啊

        生我养我的慈母

        我が母よ死にたまひゆく我が母よ我を生まま

        し乳足らひし母よ

119   红颈燕

        两只梁上立

        慈母死

        のど赤き玄鳥ふたつ屋梁にゐて足乳ねの母

        は死にたまふなり

120   生者来相守
       目中慈母死

いのちある人あつまりて我が母のいのち死
行くを見たり死ゆくを

121   独至养蚕屋
       寂寞极
       长伫立

ひとり来て蚕のへやに立ちたれば我が寂し
さは極まりにけり

离世的母亲 其三

122　日照里

　　楢叶嫩翻飞

　　青色山蚕生

　　足迷离

　　楢わか葉照りひるがへるうつつなに山蚕は
　　青く生れぬ山蚕は

123　树下日影何斑驳

　　悲萦绕

　　山蚕小

　　日のひかり斑らに漏りてうら悲し山蚕は未
　　だ小さかりけり

124   送别路上花蓬茸 *

　　飘散尽

　　别路中

葬り道すかんぼの華ほほけつつ葬り道べに

散りにけらずや

* 这种花的植物叫酸模，茎叶有酸味，开淡绿
色的花，呈蓬茸状。

125   山野路边白头翁 *

　　花开红

　　春光动

　　葬列前行中

おきな草口あかく咲く野の道に光ながれて

我ら行きつも

* 这种草花瓣呈深红色，花芯圆而白。

126　难舍焚慈母
　　　火把持手中
　　　星月不得见
　　　徒望此夜空

　　　わが母を焼かねばならぬ火を持てり天つ空
　　　には見るものもなし

127　星光满夜空
　　　慈母远去
　　　火熊熊

　　　星のゐる夜ぞらのもとに赤赤とははそはの
　　　母は燃えゆきにけり

128　夜深葬母火
　　　赤焔愈深紅

　　　さ夜ふかく母を葬りの火を見ればただ赤く
　　　もぞ燃えにけるかも

129　守葬火
　　　今宵夜已残
　　　天高尽庄厳

　　　はふり火を守りこよひは更けにけり今夜の
　　　天のいつくしきかも

130　守火夜将尽
　　　吾弟在悲唱
　　　現世歌

　　　火を守りてさ夜ふけぬれば弟は現身のうた
　　　歌ふかなしく

131　何事凝眸望?
　　　赤焰里
　　　青烟起
　　　青烟缓升起

　　　ひた心目守らんものかほの赤くのぼるけむ
　　　りのその煙はや

132　从灰中

重拾慈母

从旭日初升中

重拾慈母 *

灰のなかに母をひろへり朝日子ののぼるが

なかに母をひろへり

*拾起的不是母亲的骨，而是慈母。这种表现
何其深切，在发表当时也成为话题。

133　一展款冬叶

骨屑细收集

慈母在

骨壶里

蕗の葉に丁寧に集めし骨くづもみな骨瓶に

入れ仕舞ひけり

82

134 飞升看云雀
天上听啾鸣
积雪已斑驳
春山无一云

うらうらと天に雲雀は啼きのぼり雪斑らな
る山に雲ゐず

135 蕺花、三白草
尽焚到天明

どくだみも蕺の花も焼けゐたり人葬所の天
明けぬれば

离世的母亲　其四

136　阳春树芽发
　　　山边任我行

　　かぎろひの春なりければ木の芽みな吹き出
　　る山べ行きゆくわれよ

137　山鳩啼声寂
　　　零落通草花

　　ほのかにも通草の花の散りぬれば山鳩のこ
　　ゑ現なるかな

138   山阴闻得野鸡啼
　　　山阴泉涌亦伤悲

　　　山かげに雉子が啼きたり山かげの酸っぱき
　　　湯こそかなしかりけれ

139   酸泉＊浸满身
　　　仰望星光照苍穹

　　　酸の湯に身はすつぽりと浸りゐて空にかが
　　　やく光を見たり

＊这是位于茂吉家乡山形县藏王山的酸性温泉。

86

140　归乡回我家
　　　且煮食
　　　白藤花

ふるさとのわざへの里にかへり来て白ふぢ
の花ひでて食ひけり

141　山阴剩残雪
　　　我亦余悲伤
　　　拨开竹丛急急行

山かげに消のこる雪のかなしさに笹かき分
けて急ぐなりけり

142　拨开竹丛但前行

竹原欲何觅?

寻母亲

笹はらをただかき分けて行きゆけど母を尋

ねんわれならなくに

143　酸泉涌出山麓间

浸一晚

余悲残

火の山の麓にいづる酸の温泉に一夜ひたり

てかなしみにけり

144 落花散

山朦胧

云霞流去无影踪

ほのかなる花の散りにし山のべを霞ながれ

て行きにけるはも

145 遥望山谷中

火残红

思母悲亦同

はるけくも峡のやまに燃ゆる火のくれなゐ

と我が母と悲しき

146 山间火苗红

青烟动

哀愁涌心中

　

山腹に燃ゆる火なれば赤赤とけむりはうご

くかなしかれども

　

147 楤树芽

边采摘

山路行愈窄

此心多寂哀

　

たらの芽を摘みつつ行けり寂しさはわれよ

りほかのものとかはしる

148　强忍寂寞处
　　　重重上深山
　　　黑色通草花
　　　尽凋残

　　　寂しさに堪へて分け入る我が目には黒ぐろ
　　　と通草の花ちりにけり

149　晴明一面山
　　　辛夷花开
　　　恍惚间

　　　見はるかす山腹なだり咲きてゐる辛夷の花
　　　はほのかなるかも

150 雪斑驳

　　藏王山

　　夕照余晖映

　　且行绝壁间

蔵王山に斑ら雪かもかがやくと夕さりくれ

ば岨ゆきにけり

151 山间绵绵雨

　　红土惹爱怜

しみじみと雨降りゐたり山のべの土赤くし

てあはれなるかも

152 　远天飘逝的流云啊

　　有人说你没有生命——

　　我悲哀顿生 *

遠天を流らふ雲にたまきはる命は無しと云

へばかなしき

*浮云中有生命吗？茂吉仿佛看着天上的母亲。

153 　山间日方落

　　泉暖香渐深

やま峡に日はとつぷりと暮れたれば今は湯

の香の深かりしかも

154　两晚温泉泊

　　吃着莼菜——

　　悲哀又袭来

　　湯どころに二夜ねぶりて蓴菜を食へばさら

　　さらに悲しみにけれ

155　留宿在深山

　　端来一盘笋

　　曾记谁共食?

　　母亲啊母亲

　　山ゆゑに笹竹の子を食ひにけりははそはの

　　母よははそはの母よ

伐木

156　此身攀向山林
　　心中亮堂
　　一如这燃起的
　　熊熊火光

　　常赤く火をし焚かんと現し身は木原へのぼ
　　るこころのひかり

157　脚踏着
　　坚冻而闪亮的冰雪
　　向山腹的树林
　　攀登

　　山腹の木はらのなかへ堅凝りのかがよふ雪
　　を踏みのぼるなり

158   晨光中的楷树林

指向苍穹

一群男女正出发

去伐木

天のもと光にむかふ楷木はら伐らんとぞす

る男とをんな

159   一群男

一群女

在广袤的天空下

伐木

をとこ群れをんなは群れてひさかたの天の

下びに木を伐りにけり

160　在耀眼的阳光下

　　他们一边伐木

　　一边唱着

　　男人们的情歌

　　さんらんと光のなかに木伐りつつにんげん

　　の歌うたひけるかも

161　那把斧头一闪

　　一棵巨树

　　在空气颤动中

　　缓缓倒下

　　ゆらゆらと空気を揺りて伐られたりけり斧

　　のひかれば大木ひともと

98

162　云飘在山顶

　　　樵夫

　　　挥舞着斧子

　　　眼睛闪闪发亮

　　　山上に雲こそ居たれ斧ふりてやまがつの目
　　　はかがやきにけり

163　林林总总的人

　　　生气勃勃地活着

　　　在天地自然中

　　　挥舞斧子

　　　うつそみの人のもろもろは生きんとし天然
　　　のなかに斧ふり行くも

164 一个樵夫

正挥斧伐木

一边唱着

他睡过的女人

斧ふりて木を伐るそばに小夜床の陰のかな
しさ歌ひてゐたり

165 干活的男人

脸庞红润

山雀欢叫着

溪水潺鸣

もろともに男の面の赤赤と小雀もゐつつ山
みづの鳴る

166　背着婴儿

　　　还有今日的饭团

　　　那个女人唱着歌

　　　走在雪地上

　　　雪のうへ行けるをんなは堅飯と赤子を背負

　　　ひうたひて行けり

167　雪上生火

　　　慢腾腾的火苗

　　　那婴儿正在

　　　吸吮乳房

　　　雪のべに火がとろとろと燃えぬれば赤子は

　　　乳をのみそめにけり

168   远离都市

       我来看自己的心力

       多么虚弱

       うち日さす都をいでてほそりたる我のここ

       ろを見んとおもへや

169   杉树欲倒

       我伤心地靠近它

       红色的树脂

       正从树皮渗出

       杉の樹の肌に寄ればあな悲しくれなゐの油

       滲み出るかなや

170　远道而来

　　　近看这杉树的红脂

　　　我的心

　　　在叹息

　　　はるばるも来つれこころは杉の樹の紅の油

　　　に寄りてなげかふ

171　我的尿线

　　　射过大块木屑

　　　只见树林尽处

　　　雪在天边辉映

　　　遠天に雪かがやけば木原なる大鋸くづ越え

　　　て小便をせり

172　在北方

　　藏王山腹里

　　野兽与人

　　都充满了活力！＊

　　みちのくの蔵王の山のやま腹にけだものと

　　人と生きにけるかも

＊在这豪放的自然和劳动的人群里，茂吉感到
自己也有了力量。

忏悔之心

173   一束阳光

　　　　落在雪地上

　　　　如忏悔的心一样

　　　　隐隐忧伤

　　　　雪のなかに日の落つる見ゆほのぼのと懺悔

　　　　の心かなしかれども

174   今夜想学习

　　　　然而

　　　　我却在床上

　　　　打瞌睡

　　　　こよひはや学問したき起りたりしかすがに

　　　　われは床にねむりぬ

106

175　风寒困我于床上

　　窗外雪花纷飞

　　沙沙作响

　　風引きて寝てゐたりけり窓の戸に雪ふる聞

　　ゆさらさらといひて

176　小雪飘落

　　瞬间消融

　　这双悲伤的眼睛

　　看它失去影踪！

　　あわ雪は消なば消ぬがにふりたれば眼悲し

　　く消ぬらくを見む

177　俯身床上研朱墨

　　　窗外雪花飘落

　　　在那火鸡身上

　　　腹ばひになりて朱の墨すりしころ七面鳥に

　　　泡雪はふりし

178　明亮的白昼

　　　我躺在床上

　　　双眼圆睁

　　　哪怕能看到些什么

　　　ひる日中床の中より目をひらき何か見つめ

　　　んと思ほえにけり

179 阳光照在雪上

我悲伤的叹息

多么悠长

雪のうへ照る日光のかなしみに我がつく息
はながかりしかも

180 末班电车响了

我闭上眼睛

突然想去

一个遥远的地方

赤電車にまなこ閉づれば遠国へ流れて去な
むこころ湧きたり

181　屋顶轻颤响

　　　积雪崩坠声

　　　寒夜

　　　几许深?

家ゆりてとどろと雪はなだれたり今夜は最
早幾時ならむ

182　雪落不停

　　　在故乡的山峰上

　　　弟弟啊

　　　人生本无常 *

しんしんと雪ふる最上の上の山弟は無常を
感じたるなり

* 从来信得知弟媳患重病不久于人世，茂吉的
思绪飞回冰雪的故乡，为胞弟感到悲伤。

110

183　沐浴在阳光下

　　　不知所终

　　　弟弟啊

　　　人生本无常

　　　ひさかたのひかりに濡れて縦しゑやし弟は

　　　無常を感じたるなり

184　屋顶雪坠的那刻

　　　瞥见电灯泡上的

　　　灰尘

　　　電灯の球にたまりしほこり見ゆすなはち雪

　　　はなだれ果てたり

111

185   天色已昏暗

大雪弥漫

你的妻子啊 *

日渐消瘦

只一息尚存

天霧らし雪ふりてなんぢが妻は細りつつ息

をつかんとすらし

* 指的是重病的弟媳。

186   太阳下

屋顶上白雪耀眼

这一瞬

我心绪不宁

あまつ日に屋上の雪かがやけりしづごころ

無きいまのたまゆら

187　定睛看着

　　这耀眼的白雪

　　我的心在寻求着

　　什么

しろがねのかがよふ雪に見入りつつ何を求

めむとする心ぞも

188　我喃喃自语

　　天哪，天哪——

　　却不知所叹

いまわれはひとり言いひたれどもあはれ哀

れかかはりはなし

189 　上街去

　　在家里坐立不安

　　街上很多女人

　　来来往往

　　家にゐて心せはしく街ゆけば街には女おほ

　　くゆくなり

114

现世之身

190   宽叶细叶

雨落在新绿的森林

变柔和的

还有我的声音

雨にぬるる広葉細葉のわか葉森あが言ふ声
のやさしくきこゆ

191   终日忙碌不得空

偷闲看片刻

绿叶摇曳中

いとまなき吾なればいま時の間の青葉の揺
も見むとしおもふ

116

192 沿着墓园

　　树荫下的小道

　　悦纳自己

　　我且前行

　　しみじみとおのに親しきわがあゆみ墓はら

　　の蔭に道ほそるかな

193 被生的负累

　　缠绕着

　　我擦身走过

　　微雨滋润的树林

　　やはらかに濡れゆく森のゆきずりに生の疲

　　の吾をこそ思へ

194 我是浮世的弱者

   须坚忍不舍

   如这雨中

   嫩绿的枫叶

   よにも弱き吾なれば忍ばざるべからず雨ふ

   るよ若葉かへるで

195 人终有一死

   而我还活着

   走，吃晚饭

   回家！

   にんげんは死にぬ此のごと吾は生きて夕い

   ひ食しに帰へらなむいま

196　回望

　　黒土上的屐印

　　虽然浅弱

　　却是我尽力留下的

　　黒土に足駄の跡の弱けれどおのが力とかへ

　　り見にけり

197　闹市的林荫下

　　留下这方水田——

　　令人倍觉温存

　　うちどよむ衢のあひの森かげに残るみづ田

　　をいとしくおもふ

119

198　雨

　　淅淅下在

　　青山街后的

　　一方旱田

　　青山の町蔭の田の水さび田にしみじみとし

　　て雨ふりにけり

199　天色向晚

　　林荫下的稻田

　　一只海鸥似的白鸟

　　翻飞盘旋

　　森かげの夕ぐるる田に白きとり海とりに似

　　しひるがへり飛ぶ

200 远方的白鸟飞来

这片孤寂的稻田

脆弱如我

流下欢喜的泪水

寂し田に遠来し白鳥見しゆゐに弱ければ吾
はうれしくて泣かゆ

201 这是萱草的命——

从湿重的土中

颤巍而强韧地

长高一分

くわん草は丈ややのびて湿りある土に戰げ
りこのいのちはや

121

202　我艳羡不已——
　　　　摇曳的荞麦
　　　　春光流淌
　　　　麦色青青

　　　　はるの日のながらふ光に青き色ふるへる麦
　　　　の嫉くてならぬ

203　初春的麦田里
　　　　我玩弄着一只
　　　　爬行的虫——
　　　　为何却黯然悲涌

　　　　春浅き麦のはたけにうごく虫手ぐさにはす
　　　　れ悲しみわくも

204 杀死那只爬虫

横穿麦垄

不知怎的

一阵寒意在心中

うごき行く虫を殺してうそ寒く麦のはたけ

を横ぎりにけり

205 掘起一株蒲公英

在屋后的小山岗

埋葬了童心——

黯然神伤*

いとけなき心葬りのかなしさに蒲公英を掘

るせとの岡べに

*尽管想埋掉某个童年时的幼稚想法，茂吉把
蒲公英挖起来的举动却显得有趣、幼稚。

206 黄色的花球

似轻声告诉我

一个愉悦的

预言 *

仄かにも吾に親しき予言をいはまくすらし

き黄いろ玉はな

*结合上一首，茂吉觉得，他埋掉的欲望，也
许将来会实现。

124

璞 玉

祖母　其一　冬山

207　寒凛里

時雨淅淅下

俨然

见冬山

おのづからあらはれ迫る冬山にしぐれの雨

の降りにけるかも

208　永不停息

万物前行

山间一棵巨杉

传来寒凛的响声

ものの行とどまらめやも山峡の杉のたいぼ

くの寒さのひびき

209　闭目中的祖母
　　　脚上的皲裂——
　　　生命寂寞
　　　却多么顽强！

　　　いのちをはりて眼をとぢし祖母の足にかす
　　　かなる皸のさびしさ

210　在冬日的黄昏
　　　围炉而坐
　　　边砸碎胡桃
　　　口中喃喃自语

　　　ふゆの日の今日も暮れたりゐろりべに胡桃
　　　をつぶす独語いひて

211　冬天的太阳

　　疾足西移

　　乌鸦飞下

　　寒风从栎林穿过

　　冬の日のかたむき早く櫟原こがらしのなか

　　を鴉くだれり

212　来时我心却隐痛

　　这永日里

　　在高耸的山巅

　　积雪连绵

　　ここに来て心いたいたしまなかひに迫れる

　　山に雪つもる見ゆ

130

祖母　其二　寒风

213　凛冽的寒风

　　　吹过

　　　乌鸦的啼声

　　　亦随之远去

　　あしびきの山こがらしの行く寒さ鴉のこゑ

　　はいよよ遠しも

214　山谷间

　　　巨杉成荫

　　　黄昏的寒风里

　　　叶落纷纷

　　はざまなる杉の大樹の下闇にゆふこがらし

　　は葉おとしやまず

215　围炉里
　　楢木在哧哧燃烧
　　硕大的木头
　　化作轻烟袅袅

　　ぢりぢりとゐろりに燃ゆる楢の樹の太根は
　　つひにけむり挙げつも

216　祖母做的蘑菇汤
　　喝一口
　　想倚在她的胸膛
　　待睡意袭来

　　きのこ汁くひつつおもふ祖母の乳房にすが
　　りて我はねむりけむ

217　曾记儿时的时光

　　柿熟得低垂

　　瞳瞳秋日里

　　投下柔影

　　稚くてありし日のごと吊柿に陽はあはあは

　　と差しゐたるかも

雨
蛙

218　雨蛙啊

　　　快出来鸣叫！

　　　五月春光明媚

　　　田野青青

　　　あまがへる鳴きこそいづれ照りとほる五月

　　　の小野の青きなかより

219　五月的午后

　　　原野青青

　　　可爱的雨蛙

　　　起伏齐鸣

　　　かいかいと五月青野に鳴きいづる昼蛙こそ

　　　あはれなりしか

220   在草原

五月的阳光

洒满忧伤

有一只青蛙

鸣声响亮

五月の陽てれる草野にうらがなし青蛙ひと

つ鳴きいでにけり

221   五月的原野

青草泛光

那青蛙的忧伤

向碧空鸣响

さつき野の草のひかりに鳴く蛙こころがな

しく空にひびけり

137

五月野

222　如何

　　忍受寂寞

　　且听蛙如潮鸣——

　　为短暂的生命

　　さびしさに堪ふるといはばたはやすし命み

　　じかし青がへるのこゑ

223　藏在午后的田野

　　阵阵蛙鸣

　　多么寂寞

　　那清亮的叫声!

　　昼の野にこもりて鳴ける青蛙ほがらにとほ

　　るこゑのさびしさ

深夜

224　在暗夜里入睡

苍蝇

从我颊边飞过

飞走了

它也寂寞！

夜は暗し寝てをる我の顔のべを飛びて遠そ
く蠅の寂しさ

225　在昏暗中醒着

微微出汗

苍蝇翻飞

在深邃的现世

嗡嗡作响

汗いでてなほ目ざめゐる夜は暗しうつつは
深し蠅の飛ぶおと

226　一只苍蝇

在黑暗里

只顾飞翔

啪！

它撞上了纸窗

ひたぶるに暗黒を飛ぶ蠅ひとつ障子にあた

る音ぞきこゆる

暗绿林

227　独行野外

　　　愁上心来

　　　群鸟渐近

　　　飞向暗绿的树林

　　　うれひつつひとり来りし野のはての暗緑林

　　　に近づく群鳥

228　一轮红日

　　　渐渐西移

　　　一棵大树下伫立着

　　　一个巡逻兵

　　　真日あかく傾きにけり一つ樹のもとに佇ず

　　　む徒歩兵ひとり

144

蜩

229　今日事情毕
　　正是心宽时
　　晚餐且来碗
　　荞麦面

　　いささかの為事を終へてこころよし夕餉の
　　蕎麦をあつらへにけり

230　一阵蝉鸣——
　　听这声音
　　如去年一样
　　忧伤

　　蜩は一とき鳴けり去年ここに聞きけむがご
　　とこゑのかなしき

146

231　桌下的蚊香

　　慢慢燃着

　　我顶着睡意

　　开处方

　　卓の下に蚊遣りの香を焚きながら人ねむら

　せむ処方書きたり

箱根漫吟

232 东方海上
澄亮的苍穹
乱雨打在
山间峡谷中

ひむがしの海の上の空あかあかとこのやま
の峡間に雨みだれふる

233 夜来乱风雨
叶落
山谷间

ちり乱るる峡間の木の葉きぞの夜のあらし
の雨に打たれけるかも

149

234 在峡谷里——

日光斜照

山泉翻腾

大石成堆

やまみづのたぎつ峡間に光さし大き石ただ
にむらがり居れり

235 十月

在山中行了十日

始终不见

彩虹出峡！

かみな月十日山べを行きしかば虹あらはれ
ぬ山の峡より

236　深谷中

　　朝雾弥漫、升腾

　　决眦不见

　　飞鸟的踪影

　　目のもとのふかき峡間は朝霧の満ちの湛へ

　　に飛ぶ鳥もなし

237　我看见

　　细沙缓缓松动

　　从石间涌出了

　　清澈的泉水！

　　石の間に砂をゆるがし湧く水の清しきかな

　　や我は見つるに

151

238　幽谷中

　　欲寻溪流的源头

　　行到一处——

　　谷中一片光明！

　　暗谷の流の上を尋めしかばあはれひととこ

　　ろ谷の明るさ

去长崎

239　不知不觉

　　寒意日迫

　　去长崎的日子

　　渐近

　　いつしかも寒くなりつつ長崎へわが行かむ

　　日は近づきにけり

240　重云压顶

　　日已薄暮

　　伊吹群山处 *

　　积雪满目

　　おもおもと雲せまりつつ暮れかかる伊吹連

　　山に雪つもる見ゆ

* 伊吹山地在岐阜县和滋贺县交界处。

154

241 寒雨淅淅
    从靠近朝鲜的
    这片天空
    降下

    さむざむとしぐれ来にけり朝鮮に近き空よ
    りしぐれ来ぬらむ

242 来看来看
    在长崎
    一阵寒雨
    落在唐风寺院的
    砖上

    あはれあはれここは肥前の長崎か唐寺の甍
    にふる寒き雨

243　早饭升腾起

　　白色的饭气

　　我想，这是

　　静静的港湾的

　　颜色

　　しづかなる港のいろや朝飯のしろく息たつ

　　を食ひつつおもふ

244　一声船鸣

　　在黎明时分

　　粗沉的汽笛声

　　在群山矗立中

　　久久回响

　　朝あけて船より鳴れる太笛のこだまはなが

　　し並みよろふ山

灯 火

高野山

245　流走了
　　　夜里的白云
　　　高野山上 *
　　　天空无一物
　　　照彻月儿明

うごきゐし夜のしら雲の無くなりて高野の
山に月てりわたる

*高野山在和歌山县，是日本佛教圣地之一。

246　千古圣僧
　　　越过青峰
　　　似是弥陀佛的
　　　化身

いにしへにありし聖は青山を越えゆく弥陀
にすがりましけり

160

247　响雷雨歇

　　　初晴的云翳

　　　看延绵起伏的

　　　纪伊*的山地

ひさかたの雲にとどろきし雨はれて青くお

きふす紀伊のくに見ゆ

*纪伊，日本古代令制国名，位于现今三重县
与和歌山县一带。

248　一气登上

　　　高野的群山峰顶

　　　护摩的火丛

　　　发出噼啪的

　　　响声

のぼりつめ来つる高野の山のへに護摩の火

むらの音ひびきけり

161

箱根漫吟之中

249　登临这静默的山峰

　　　群峦环绕

　　　月光洒遍

　　　山谷中

　　しづかなる峠をのぼり来しときに月のひか

　　りは八谷をてらす

250　山上的蟋蟀

　　　朗朗而鸣

　　　何来

　　　恐惧的叫声

　　ものの音に怖づといへどもほがらかに蟋蟀

　　鳴きぬ山の上にて

163

251   在夏日的山路

　　　急行

　　　水珠滴落——

　　　自马背上的袋冰

　　　いそぎ行く馬の背なかの氷よりしづくは落

　　　ちぬ夏の山路に

252   月光如水

　　　照耀着流云

　　　流云不去

　　　紧绕着山峦

　　　さやかなる月の光に照らされて動ける雲は

　　　峰をはなれず

253   日暮中

一片大云

沉落在山谷——

寂寞黄昏！

おのづから寂しくもあるかゆふぐれて雲は

大きく谿にしづみぬ

254   来自夏日的丛林

山泉淙淙

流到这片沙地

消失了影踪

夏山の繁みがくれを来しみづは砂地がなか

に見えなくなりつ

255　我越过山谷

　　前行

　　离深山的香气

　　越来越近

　　おのづから谷を越え来ぬ香に立てる山のい

　　ぶきに吾はちかづく

256　静谧的夜里

　　月光倾洒

　　照着草木上的

　　露珠

　　しづかなる光は夜にかたむきておどろがう

　　への露を照らせり

166

257 晌午后

　　天空云阴

　　追袭马匹的牛虻

　　飞来

　　翻山越岭

　　ひる過ぎてくもれる空となりにけり馬おそ

　　ふ虻は山こえて飛ぶ

258 山谷深处

　　有一片白沙

　　见不着飞鸟

　　到此玩耍

　　しらじらと谿の奥処に砂ありて遊べる鳥は

　　多からなくに

259　孤寂的晨雨

　　淅淅

　　罗汉松枝头

　　寻不见啼鸟的

　　踪迹

　　朝明より寂しき雨は降り居りて槇の木立に

　　啼く鳥もなし

雪云

260　这天雪云低暗
　　远望东方
　　它将次第澄明

　　雪ぐもりひくく暗きにひんがしの空ぞはつ
　　かに澄みとほりたる

261　我亦是深重的
　　罪人
　　似雪云压顶的天空
　　越来越冷

　　罪ふかき我にやあらむとおもふなり雪ぐも
　　り空さむくなりつつ

霜

262   在信浓*的路上

　　拂晓时光

　　车前草披着霜

　　已成枯黄

　　信濃路はあかつきのみち車前草も黄色にな

　　りて霜がれにけり

　　*信浓，日本古代令制国名，位于现今长野县
　　一带。

263   在秀色中行走

　　雪，在东边

　　在这两山中

　　飘下

　　国の秀を我ゆきしかばひむがしの二つの山

　　に雪ふりにけり

172

264　清水冰寒

　　我看见鲤鱼子

　　成千上万——

　　心中喜欢

　　寒水に幾千といふ鯉の子のひそむを見つつ

　　心なごまむ

265　看桑叶上的霜

　　一瞬间

　　消融

　　桑の葉に霜の解くるを見たりけりまたたく

　　ひまと思はざらめや

266 从对面——

　　白色的浪花

　　翻滚而至

　　降临在天龙川

　　むかうより瀬のしらなみの激ちくる天竜川

　　におりたちにけり

春之残雪

267　午后的风雪

　　　落地即融

　　　这应是

　　　早春的残雪

　　　昼すぎより吹雪となりぬ直ぐ消えむ春の斑

　　　雪とおもほゆれども

268　命运停滞不前

　　　今晚喝着粥

　　　汗颜

　　　とどこほるいのちは寂しこのゆふべ粥をす

　　　すりて汗いでにけり

天龙川

269　走过山峡

　　放眼野石滩

　　阳光普照

　　河上寒风

　　峡すぎて見えわたりたる石原に川風さむし

　　日は照れれども

270　晴川历历

　　冬日的天龙川

　　白浪翻腾

　　きはまりて晴れわたりたる冬の日の天竜川

　　にたてる白波

271 凛风横吹

　　雨歇天晴

　　听山里的河流——

　　无常的水声

　　雨はれて寒きかぜ吹く山がはの常なき瀬々

　　の音ぞきこゆる

272 沿天龙川顺流而下

　　且让船慢行——

　　我闻到了

　　水香

　　天竜をこぎくだりゆく舟ありて淀ゆきしか

　　ば水の香ぞする

白 山

夕浪之音

273　病愈初行最上川 *

　　　且来听

　　　晚浪声

　　わが病やうやく癒えて歩みこし最上の川の

　　夕浪のおと

　　* 最上川是流经山形县全域的河流。

274　彼岸欲何求?

　　　最上川上夜朦胧

　　　一只萤火虫

　　彼岸に何をもとむるよひ闇の最上川のうへ

　　のひとつ蛍は

184

275   夜空中

闪电的光亮

划过厚重的云层

かの空にたたまれる夜の雲ありて遠いなづ

まに紅くかがやく

萤
火

276　平生已过半
　　　朦胧的岁月
　　　心悲叹

　　わが生おぼろおぼろと一とせの半を過ぎて
　　うら悲しかり

277　目光且守望
　　　翻飞萤火虫
　　　不如随我归
　　　老卧小屋中

　　蛍火をひとつ見いでて目守りしがいざ帰り
　　なむ老の臥処に

款冬

278　静静的云层下

　　　　尽收眼底——

　　　　残雪中的

　　　　鸟海山 *

　　しづかなる曇りのおくに雪のこる鳥海山の

　　全けきが見ゆ

　　* 鸟海山是横跨山形县和秋田县的一座活火山。

279　五月初的夜

　　　　苦短

　　　　只做两个梦

　　　　醒来便是拂晓

　　五月はじめの夜はみじかく夢二つばかり見

　　てしまへばはやもあかとき

280　黑鸫

春至来鸣

让我这个老汉

快乐高兴

黒鶫来鳴く春べとなりにけり楽しきかなや

この老い人も

190

老鹰

281　在松山上空

　　老鹰高鸣

　　且辨听是否从前的

　　快乐叫声

　　かくのごとく楽しきこゑをするものか松山

　　のうへに鳶啼く聞けば

282　一只寒蝉

　　在凋谢的寂心

　　发出短促的

　　叫声

　　しづかなる亡ぶるものの心にてひぐらし一

　　つみじかく鳴けり

寒
土

283　大病初愈

　　来这寒土之上

　　看栗子的刺壳

　　在焚烧

　　やうやくに病癒えたるわれは来て栗のいが

　　を焚く寒土のうへ

284　在最上川边

　　漫行

　　怀抱着小小的

　　自然的赐予

　　最上川のほとりをかゆきかくゆきて小さき

　　幸をわれはいだかむ

285　如山里

　　　落下的栗子

　　　我是新时代

　　　不甘落下的

　　　一介老生

　　　あたらしき時代に老いて生きむとす山に落

　　　ちたる栗の如くに

286　寂寞天欲雪

　　　沐浴着落日余晖

　　　这青蛙

　　　向山而鸣

　　　さびしくも雪ふるまへの山に鳴く蛙に射す

　　　や入日のひかり

一个人的歌

287　冬日的狂风

　　越过西北的高山

　　一整日

　　呼呼作响

　　西北の高山なみの山越しの冬のあらしは一

　　日きこゆる

288　常梦见

　　离去的女人

　　习惯了冬夜里

　　频繁地醒来

　　みまかりし女の夢を見たりなどして冬のね

　　むりはしばしば覚めぬ

289　朗朗东升月

　　月华倾洒

　　最上川的夜里

　　薄雾微动

ほがらほがらのぼりし月の下びにはさ霧の

うごく夜の最上川

290　在一年中

　　白天最短的日子

　　大雪一气而下

　　然后，放晴

おもひきり降りたる雪が一年の最短の日に

晴間みせたり

山上的雪

291　不时夹杂着

雪花飞舞的声音

雪啊

从夜的深底

堆积

をりをりは舞ひあがる音もまじはりて夜の

底ひに雪はつもらむ

292　今天

雪霁天晴

太阳渐小

落入群山后的

宁静

けふ一日雪のはれたるしづかさに小さくな

りて日が山に入る

东
云

293　老人不停地自语

　　"春天啊

　　和这鸟群一起

　　快快来临"

　　老身はひたすらにしていひにけり「群鳥と

　　ともにはやく春来よ」

294　雪化成了水滴

　　溶入夜色

　　在拂晓

　　万物无声

　　雪しづく夜すがらせむとおもひしに暁がた

　　は音なかりけり

295　我的人生

　　横断在梦境间

　　昨日、今天

　　无常、短暂

　　夢の世界中間にしてわが生はきのふも今日
　　もその果なさよ

296　年老了

　　牙齿疼痛松动

　　夜已深

　　我心却宁静

　　老いし歯の痛みゆるみしさ夜ふけは何とい
　　ふわが心のしづかさ

297　似对命运的臣服

　　山里的小鸟

　　从谷中

　　鱼贯飞出

　　運命にしたがふ如くつぎつぎに山の小鳥は

　　峡をいでくる

298　似某种偶然

　　蜡烛

　　垂一行长泪

　　直到天明

　　偶然のものの如くに蠟涙はながく垂れゐき

　　朝あけぬれば

边土独吟

299 一只莺

不住啼

把春天苏醒的消息

唱彻碧空

鶯ひとつ啼きしばかりとおもひしに春の目
ざめは空をわたりぬ

300 相接于雪山之上

欲现欲隐——

天空尽染了

水蓝色的云霞

かくしつつ立ちわたりたるみづ藍の霞はひ
くし雪に接して

301　从穴中跳出

　　雪上的青蛙

　　一口口吞下

　　那反射的春光

　　穴いでし蛙が雪に反射する春の光を呑みつ

　　つゐたり

译后记

一

　　相对于俳句的广为人知，和歌（短歌）在中文读者中，似乎还处于一种"小荷才露尖尖角"的初生状态。而在日本，和歌的悠久传统，从《万叶集》开始，千年之下，依然生机勃勃。短歌的近代化始于明治、大正时代，而本书的作者斋藤茂吉，毫无疑问是其中的一座高峰。这本书也是斋藤茂吉的短歌选集在中文世界的首次出版。

笔者有缘，在二十世纪八十年代留学
日本时，就接触到茂吉的短歌。记得当时
有一个爱好诗歌和文学的日本朋友，对我
这个理工科留学生，不厌其烦地介绍不同
的作家和作品。见面一次不容易，基本上
是电话联系（那个年代当然没有手机）。我
的小小的寄宿处楼下，有一台大家共用的
电话，我常常就猫在电话旁，和这位朋友
交流着，慢慢学习到些许日本文学的基础。
一个冬天的晚上，这位朋友在电话的那
一头，给我用日语一首一首地朗诵斋藤茂
吉的短歌，念一会儿解释一会儿。我记得
当时我被其中一首短歌击中了，深受震撼，
于是背诵于心，几十年来都不曾忘记：

　　　从灰中
　　　重拾慈母
　　　从旭日初升中
　　　重拾慈母

灰のなかに母をひろへり朝日子ののぼる

がなかに母をひろへり

　　这是茂吉在慈母离世后拾骨时所作。它带来的音韵（听觉）以及画面上（视觉）的冲击力，无以复加。多年后，笔者母亲过世，每当怀念母亲而感到深切的孤独时，脑中总是出现这首短歌的声音。茂吉的短歌，想来就是如此，深入人心，影响了几代人。

<h2 style="text-align:center">二</h2>

　　斋藤茂吉一生中作歌将近一万八千首，出版歌集十七本。[1] 在国内，尚未发现有既存译本，系统地翻译出版他的短歌集。本书的出版似属首次刊行。根据作者不同时期的作品，笔者选取了茂吉的第一

1　《斋藤茂吉歌集》文库版，山口、柴生、佐藤编，2018 年 6 月，岩波书店。

部诗集《赤光》（三十一岁），第二部诗集《璞玉》（三十九岁），诗集《灯火》（四十六岁），以及晚年的诗集《白山》（六十五岁）等四部作品，并从中选出了有代表性的短歌 301 首。笔者欣喜地发现，这几部诗集的选取，与筑摩书房出版的日本文学全集中所选的茂吉歌集相同。[1] 鉴于《赤光》中的名作较多，且多为连作（组诗），笔者参考了互联网上的相关资料和部分英语的著作，[2] 收录了所选连作里的全部短歌，以期保全该连作内部预设的架构，以及内容上前后的关联，使读者可以窥其全貌。

另外，作为短歌翻译的译体，虽说多

1 《斋藤茂吉集》日本文学全集第 16 卷，1970 年 11 月，筑摩书房。

2 Red lights, Selected Tanka Sequences from Shakko, By Shinoda and Goldstein, Purdue University Press, 1989.

种多样的翻译方式都有可能，但主要因素不外乎诗体的移译，韵律及节奏的再现，合适的留白处理，以及名词和动词的妙用等。各种语言和文体各有其表达的特点和特色，愚见无须拘泥于定式一格；反而，应该可以就其具体作品选用最贴切的方式去翻译。有趣的是，关于短歌的风格，茂吉本人曾拿短歌和中国的汉诗做过比较，他指出：

举例来说，陆游的诗句"乱山吞落日，野水倒寒空"，非常美妙，但日本的短歌却是很难将"吞"和"倒"置于其中。汉诗表现这个可以很自由，而短歌表现单纯但自由不足；然而反过来看，短歌的单纯是一种深刻的单纯，以至于对所谓自由的表现不做任何要求……

由此也可见，短歌有短歌固有的技法，唯其单纯，必须在峻险之处把原生的景象和感觉加以突出，一步到位地抓住本质。短歌的翻译除着此处之外，也要力争结合原作韵律的流转，选择最佳的语感和节奏，以谋求贴近原作的意味和风姿。笔者希望本书的翻译实践，可以成为今后更丰富精彩的短歌翻译中的一块铺路石。但凡有错漏疏忽之处，期待读者批评和指正。

　　翻译本书对笔者来说，是一次充满挑战而又快乐的旅程。在翻译过程中，得到了雅众文化的方雨辰女士和各位编辑的诸多帮助，谨在此表示感谢。寄望了解斋藤茂吉及其短歌的读者日益增加，并从其作品的阅读中，收获更多感动与快乐。

高海阳

2019 年 12 月

图书在版编目（CIP）数据

心寂犹似远山火：斋藤茂吉短歌 300 /（日）斋藤茂吉著；高海阳译 . -- 长沙：湖南文艺出版社，2020.4
ISBN 978-7-5404-9557-2

Ⅰ . ①心… Ⅱ . ①斋… ②高… Ⅲ . ①和歌—诗集—日本—现代 Ⅳ . ① I313.25

中国版本图书馆 CIP 数据核字（2020）第 017655 号

上架建议：文学·诗歌

XIN JI YOUSI YUANSHAN HUO：ZHAITENG MAOJI DUANGE 300
心寂犹似远山火：斋藤茂吉短歌 300

作　者：	［日］斋藤茂吉
译　者：	高海阳
出 版 人：	曾赛丰
责任编辑：	刘诗哲
策划机构：	雅众文化
策 划 人：	方雨辰
监　制：	秦青
特约编辑：	简雅　蔡加荣　张卉　列夫
营销编辑：	刘易琛　吴思
装帧设计：	尚燕平
出　版：	湖南文艺出版社
	（长沙市雨花区东二环一段 508 号　邮编：410014）
网　址：	www.hnwy.net
印　刷：	山东临沂新华印刷物流集团有限责任公司
经　销：	新华书店
开　本：	880mm×1230mm　1/32
字　数：	82 千字
印　张：	7.5
版　次：	2020 年 4 月第 1 版
印　次：	2020 年 4 月第 1 次印刷
书　号：	ISBN 978-7-5404-9557-2
定　价：	49.00 元

若有质量问题，请致电质量监督电话：010-59096394
团购电话：010-59320018